GUÍA DE LA PELÍCULA

Escrito por Cécile Perrel
Traducido por Tamara Montes Blanco

Zazie en el metro

Adaptación cinematográfica de Louis Malle

LOUIS MALLE

CINEASTA FRANCÉS

- **Nacido en 1932 en Thumeries (Francia)**
- **Fallecido en 1995 en Beverly Hills (Francia)**
- **Algunas de sus películas:**
  - *Ascensor para el cadalso* (1958), película
  - *Zazie en el metro* (1960), película
  - *Vania en la calle 42* (1994), película

Louis Malle, nacido en 1932 en una familia de industriales adinerados, se inicia en la dirección de cine desde su adolescencia utilizando la cámara de su padre. Después estudia en el Institut des Hautes Études Cinématographiques, donde el comandante Cousteau lo escoge como asistente en el rodaje de su documental *El mundo del silencio* (1995, Palma de Oro en Cannes en 1956). En 1958, con veinticinco años, realiza su primer largometraje: *Ascensor para el cadalso*.

Louis Malle —director independiente, aunque en él podamos encontrar similitudes con el movimiento de la *nouvelle vague*— decide adaptar a la gran pantalla la novela de Raymond Queneau *Zazie en el metro* en 1960. Pero, aunque el libro se vende muy bien, la adaptación no obtiene el éxito esperado y apenas vende 850 000 entradas. Los espectadores se sienten desconcertados con esta película, que se parece más a un ejercicio de estilo que a un largometraje clásico.

ZAZIE EN EL METRO

SINOPSIS

- **Fecha de publicación de la novela:** 1959
- **Fecha de estreno de la película:** 1960
- **Director:** Louis Malle
- **Temáticas:** infancia, mundo de los adultos, sexualidad, lenguaje popular, sociedad francesa, apariencia

Zazie Lalochère es una chiquilla de unos diez años que va a París a pasar unos días con su madre. Esta, que tiene un nuevo amante y quiere tener libertad de movimientos, deja a su hija con su hermano, Gabriel. Zazie, que se muere de ganas de conocer el metro, se siente muy decepcionada al enterarse de que está en huelga.

Zazie, que es desvergonzada, vulgar y maleducada, descubre París y la vida de los adultos junto a Gabriel —bailarín travesti en un cabaret para homosexuales—, a Trouscaillon —agente de policía con múltiples identidades— y a los habitantes del barrio donde viven su tío y su tía Albertine (que resultará ser un hombre llamado Albert).

Zazie volverá a su casa sin haber visto el metro, pero habiendo, según ella misma, crecido durante su estancia en París.

¿SABÍA QUE...? LA *NOUVELLE VAGUE*

La *nouvelle vague* es un movimiento cinematográfico

francés de finales de los años cincuenta que defiende un cine de autor en el que lo más importante es ofrecer un punto de vista personal. Es el fruto del encuentro de varios jóvenes directores: François Truffaut, Jean-Luc Godard, Claude Chabrol, Jacques Rivette, Agnès Varda, etc. Sus películas muestran especial interés en los movimientos sociales de la época (revueltas estudiantiles, guerra de Argelia, movimiento de liberación de las mujeres, etc.). Los protagonistas de estos largometrajes suelen ser jóvenes y ordinarios, bien establecidos en su época.

FICHA TÉCNICA

ZAZIE EN EL METRO

Características: Francia – 1960 – color – 89 minutos

Dirección: Louis Malle

Guion: Louis Malle y Jean-Paul Rappeneau, a partir de la novela de Raymond Queneau

Adaptación y diálogos: Louis Malle y Jean-Louis Rappeneau

Reparto:

- Catherine Demongeot...............Zazie
- Philippe Noiret...............Gabriel
- Vittorio Caprioli...............Pedro el de los Saldos/ Trouscaillon
- Hubert Deschamps...............Turandot
- Antoine Roblot...............Charles
- Annie Fratellini...............Mado
- Carla Marlier...............Albertine/Albert
- Yvonne Clech...............la viuda Mouaque
- Nicolas Bataille...............Fédor Balanovitch
- Odette Picquet...............Jeanne Lalochère
- Jacques Dufilho...............Gridoux

Raymond Queneau nace en El Havre en 1903. Desde

pequeño le apasionan los idiomas y, además, después explora el campo de las matemáticas, del cine, del surrealismo y del psicoanálisis. Es un escritor fuera de la norma, y su obra reúne una variedad importante de textos que dan fe de su curiosidad intelectual y de su originalidad: novelas, ensayos, poemas, canciones y traducciones. En 1947, publica una de sus obras más célebres: *Ejercicios de estilo*, pero el reconocimiento del gran público se lo aporta *Zazie en el metro* (1959). En 1960, funda con François de Lionnais el grupo literario OuLiPo (Ouvroir de Littérature Potentielle, en español: Taller de Literatura Potencial) que, todavía a día de hoy, propone reflexiones sobre las ataduras literarias y anima a la creación en todos los géneros. Fallece en París en 1976.

DE LA NOVELA A LA PELÍCULA

DOS OBRAS ESTRECHAMENTE UNIDAS

La literatura es sin duda el primer proveedor de guiones cinematográficos. Pero en cada adaptación cinematográfica de una novela o de cualquier otro soporte escrito, es lícito que nos planteemos esta pregunta: ¿el director se ha mantenido fiel a la obra original?

La relación entre el texto de Raymond Queneau y la película de Louis Malle es especialmente cercana. Este fenómeno puede explicarse por varios factores:

- tanto el texto como la película son contemporáneos. La novela data de 1959, y la película, de 1960. Ninguna distancia temporal parasita la relación entre ambas obras. Los dos artistas pertenecen al mismo período y han sido testigos de los mismos hechos sociales;
- en la época, Louis Malle es al cine francés lo que Queneau es a la literatura: un experimentador. El cineasta está relacionado con la *nouvelle vague*, mientras que Queneau es uno de los fundadores del OuLiPo, una corriente que se entrega a la experimentación literaria. Por lo tanto, ambos son amantes de las novedades y las experiencias;
- Louis Malle importa la libertad de la novela de Queneau a su película. Así como el novelista intentó experimentar a nivel lingüístico (neologismos, escritura fonética, etc.), Malle hace lo mismo a nivel visual (cámara lenta, cámara rápida, contrapicados, etc.).

De este modo, la película de Louis Malle puede considerarse, más que una adaptación de la obra de Queneau, una prolongación de esta.

UNA NOVELA QUE SE PRESTA A LA ADAPTACIÓN CINEMATOGRÁFICA

En el cine, así como en el teatro o en cualquier otra representación en la que intervengan actores, los diálogos tienen una importancia particular: participan en gran medida en la estructuración de la obra y permiten especialmente transmitir el mensaje del director. En la época del cine mudo, los diálogos que intercambiaban los personajes se presentaban en carteles que pasaban en pantalla, lo que demuestra aún más si cabe su importancia en una película.

Con la novela de Queneau, Louis Malle tenía a su disposición una herramienta formidable para elaborar los diálogos de su obra, lo que le permitió explicar el París burlón y popular que sirve como escenario de la historia y que él quería conservar en su película. De hecho, en el texto de Raymond Queneau ocupa un gran lugar, no solo en el diálogo, sino en el lenguaje en general.

Queneau pretende ser el defensor de una lengua contemporánea en oposición al francés preconizado por la Academia Francesa, el cual considera demasiado estático y demasiado alejado del hablado por los franceses en su día a día. Por lo tanto, no duda en sembrar su novela de palabras coloquiales o vulgares, incluso inventadas —pero que siempre transmiten un estado mental o una realidad comprensible para todos—, llegando incluso a transcribir ciertos términos fonéticamente. Así, la novela se abre con el «Peroquienapestasí» pronunciado por Gabriel en el andén de la estación, mientras espera a su hermana y a su sobrina y se queja del olor que desprenden las demás personas. Queneau, reinventor del lenguaje, crea un clima de insolencia y libertad que Louis Malle transpone fielmente en su película. De hecho, el cineasta no solo se inspira en el texto del escritor: la adaptación recoge palabra por palabra todos los diálogos del libro. Así, está marcada por hallazgos lingüísticos tales como los «bluyins» que le hacen ilusión a Zazie o el «loqueacabasdedecir» de la señora del andén de la estación al principio del todo de la historia.

LA IMPORTANCIA DE LA CIUDAD DE PARÍS

La novela de Queneau se sitúa en París, igual que la adaptación cinematográfica de Louis Malle, pero esta le dedica un espacio mucho mayor a la ciudad que el que se le atribuye en la obra literaria.

Casi todas las escenas se desarrollan en lugares míticos: desde luego, encontramos la torre Eiffel —donde Philippe Noiret, que interpreta a Gabriel, recita un monólogo a la manera de un actor de tragedia—, los muelles del Sena, el mercadillo de Saint-Ouen, la estación del Este l'Est, Pigalle o la iglesia de Saint-Vincent de Paul, situada en el distrito número diez. En ningún momento a lo largo de la novela de Queneau se precisan estos lugares, pero la película de Louis Malle, gracias a las imágenes, los hace fácilmente identificables. Eso es lo que marca la diferencia.

Además, tanto en el libro como en la película, los personajes se divierten con la ciudad, confundiendo un monumento con otro o ridiculizando en cierto modo el orgullo de los parisinos hacia su ciudad cargada de historia. Aquí, una vez más, el cine es más explícito que la novela. De hecho, en el libro descubrimos, aunque realmente no se diga, que el guía Fédor Balanovitch no lleva a sus turistas a visitar la Sainte-Chapelle por varias razones: hay demasiado tráfico, está demasiado lejos, a Fédor le molesta conducir por París, y el monumento no tardará en cerrar. Entonces, engaña a sus clientes llevándolos a visitar otro edificio, pero Queneau no especifica cuál. Louis Malle, por su parte, elige la iglesia de Saint-Vincent de Paul, que no tiene mucho que ver con al Sainte-Chapelle: esto le da un punto más de comicidad al engaño. Aquí se pone de relieve el esnobismo de los turistas: todos quedan maravillados con la iglesia, convencidos de que se trata de la Sainte-Chapelle.

De paso, también cabe señalar que esta última es un *leitmotiv* en la película. Joya del arte gótico construida sobre la Île de la Cité por orden de San Luis (rey de Francia, 1214-1270), es un monumento que atrae a los turistas y que todo el mundo quiere visitar, pero nadie va nunca.

LOS PROCESOS CINEMATOGRÁFICOS AL SERVICIO DE LA OBRA

«Creía que el reto que suponía adaptar Zazie a la pantalla me daría la oportunidad de explorar el lenguaje cinematográfico. Era una obra brillante, un inventario de todas las técnicas literarias que también contenía, por supuesto, un gran número de pastiches. Era como jugar con la literatura, y me dije que sería interesante intentar hacer lo mismo con el lenguaje cinematográfico»[1] (French 1993).

Si Queneau juega con el verbo y con los códigos de la lengua francesa en su novela, Louis Malle, para respetar la obra en la que se basa, se ve obligado, por su parte, a jugar con las posibilidades que le ofrece la cámara. Es lo que hace en un gran número de escenas. En especial, podemos pensar en la cámara rápida durante la persecución en coche de la viuda Mouaque o cuando Zazie trata de escapar de Trouscaillon en el mercadillo, o también en el famoso discurso de Gabriel en la torre Eiffel: esta escena está grabada en contrapicado (técnica que consiste en tomar un plano de abajo hacia arriba), lo que da más importancia al personaje al hacer que parezca desmesuradamente grande.

Louis Malle también se divierte interpelando a los espectadores, lo cual no es muy habitual en el cine. Así, Trouscaillon se dirige a ellos cuando, mientras esta en los muelles del Sena en compañía de Zazie y de la señora Mouaque, declara, mirando directamente a cámara: «Se están cachondeando de mí» (Queneau 2011, cap. 9).

Finalmente, el cineasta refuerza la comicidad de algunos diálogos filmándolos de forma burlesca, a veces acercándose mucho a las caras de los actores, como en el famoso aparte de Trouscaillon, a fin de exponer sus gestos ante el espectador.

---

1. Cita traducida por ResumenExpress.com

ENFOQUE TEMÁTICO

LA REPRESENTACIÓN DE LA INFANCIA

La película, como la novela, propone una visión muy personal de la infancia a través del personaje de Zazie, que, por cierto, es la única niña que aparece en ambas obras. Está sola frente a los adultos, pero no parece desconcertada ante esta situación, sino al contrario, ya que se aprovecha de ella.

Zazie no desprende ternura alguna. No parece mimosa ni ocupada en las actividades propias de su edad y resulta tener una vitalidad incansable. Además, demuestra una gran autonomía en relación con los adultos, y varias escenas de la película la muestran sola deambulando por las calles de París, como si fuera normal para una niña de su edad.

La principal pregunta que ella se plantea concierne a la sexualidad de su tío Gabriel. Después ofende a Charles al preguntarle por su vida íntima: este, molesto, prefiere irse para no tener que responder. Sospecha que el hombre al que conoce en el mercadillo y que se hace llamar bien Trouscaillon bien Pedro el de los Saldos es un sátiro, pero eso no la incomoda en absoluto; al contrario, acepta su compañía. Turandot, que ha descubierto la personalidad de Zazie y su interés por la sexualidad, repite en varias ocasiones que quiere que se vaya, ya que teme que acabe por pervertir a todo el barrio.

Este miedo de Turandot lleva a plantearse una serie de preguntas. De hecho, ¿qué podemos temer de una chiquilla? ¿Qué acción perversa puede ejercer sobre los adultos? En este punto, no podemos evitar pensar en *Lolita*, novela de Nabokov (escritor estadounidense, 1899-1977) publicada en 1955, y en su adaptación cinematográfica por parte de Kubrick (cineasta estadounidense, 1928-1999), que data de 1962. *Lolita* y *Zazie en el metro* son dos obras contemporáneas que tienen como personaje principal a una chiquilla de unos diez años y aluden a su relación con la sexualidad y el mundo de los adultos. Pero estas dos niñas son completamente diferentes: aunque Zazie acosa a los suyos con preguntas sobre la sexualidad de estos, nunca trata sobre su propia intimidad —sino únicamente sobre la de los adultos que la rodean—, mientras que este es exactamente el tema de la novela de Nabokov. Por lo tanto, ambas protagonistas son muy distintas, y, finalmente, Turandot no tiene nada que temer de Zazie, que no es una Lolita. A este respecto, la elección del reparto por parte de Louis Malle sirve para reforzar esta idea: Catherine Demongeot, que interpreta a Zazie, no es nada femenina ni sensual.

PERSONAJES A TODO COLOR

Raymond Queneau no ofrece en su novela ninguna indicación acerca del aspecto físico de los personajes. Por lo tanto, Louis Malle gozaba de total libertad para escoger a sus actores y atribuirles las características físicas que quisiera. Así, procuró que su apariencia correspondiera con su personalidad y con su papel en la historia.

Como ya hemos mencionado anteriormente, Catherine Demongeot, que desempeña el papel de Zazie, no es particularmente femenina, sobre todo en lo que se refiere a sus famosos «bluyins». Con esto, el director quiere conseguir el efecto de poner al niño (ya sea chica o chico) por delante del mundo de los adultos. El atuendo de Zazie también es particularmente destacable: su jersey naranja permite al espectador detectarla inmediatamente en cualquier escena y la dota de una apariencia un tanto excéntrica, original, acorde con su carácter y su comportamiento.

El atuendo de Albertine, personaje interpretado por Carla Marlier, también tiene un motivo: siempre viste con colores pastel, parece fundirse con el decorado y sobre todo con la sombra de su marido Gabriel. Permanece en una posición discreta y apartada a lo largo de la historia. No conocemos su verdadera identidad sexual hasta el final, cuando cambia su atuendo por otro más oscuro y se pone un casco, de modo que disimula su cabello, que forma parte de sus atributos femeninos.

Gabriel, interpretado por Philippe Noiret, se presenta desde el principio, por su atuendo y su actitud, como un hombre coqueto: lleva perfume y cuida su vestimenta. Incluso se pone en duda su virilidad descaradamente en el momento en que Albertine lo alcanza en las escaleras cuando él se va a trabajar para indicarle que se ha dejado el carmín.

El personaje de Pedro el de los Saldos/Trouscaillon es, sin duda, el más sorprendente. El actor que lo encarna, Vittorio Caprioli, desempeña varios papeles, a semejanza del protagonista de la novela de Queneau. Sin embargo, mientras que en el libro solo Zazie tenía la sensación de que este policía llamado Trouscaillon le recordaba a alguien, sin que sepamos a quién y sin que el lector descubra la identidad de mercadillo y el policía son la misma persona. Así, con imágenes, las cosas se descubren con mayor facilidad.

Por último, destacamos que también los figurantes tienen su importancia: Louis Malle recurre a los mismos actores para que también hagan de distintos figurantes. Así, uno de los actores es en un momento un músico en la orquesta del Ejército de Salvación, y en el siguiente, un paseante del mercadillo. Con este método, Louis Malle pretende insistir en la poca importancia que da al aspecto de los individuos: lo que prima es lo que tienen que decir, no a lo que se asemejan. El espectador se siente desconcertado, lo cual suscita en él un mayor interés por los diálogos para intentar volver a situarse y comprender qué tiene delante.

EL TEMA DE LA APARIENCIA Y DE LA IDENTIDAD

Un tema esencial en la novela de Queneau es el de las apariencias: el autor juega con ellas, por ejemplo dejando en el aire la duda sobre la orientación sexual de Gabriel o sobre la verdadera identidad de Trouscaillon. Ahora bien, este tema tiene aún más presencia en la película, ya que las imágenes ayudan a darse cuenta de situaciones que son más difíciles de explicar por medio de las palabras.

Tomemos como ejemplo al personaje de Albertine (Marceline en la novela de Queneau), encarnado por una actriz. Al final de la novela nos enteramos de que Marceline es un hombre y de que Gabriel es homosexual. Por lo tanto, Louis Malle hubiera podido escoger a un actor para este papel, pero prefirió mantener la duda y presentar una transformación en la vestimenta en los minutos finales de la película para desvelar la auténtica identidad de la pareja de Gabriel.

El personaje de Trouscaillon resulta muy ambiguo en sí mismo, ya que es, dependiendo de la escena, agente de policía, sátiro o vendedor en el mercadillo. Tan solo su vestimenta y su bigote permiten descubrir de quién se trata en cada momento.

Louis Malle ha proseguido con el trabajo de Queneau despistando al público tal y como hacía el novelista, al menos en el título de su obra: a pesar de lo que este presagia, Zazie no se encuentra en el metro en ningún momento.

LA SOCIEDAD FRANCESA A FINALES DE LOS AÑOS CINCUENTA

Al igual que la novela de Queneau, la película de Louis Malle es una ilustración de la Francia de finales de los años cincuenta, que presenta una cierta ruptura con lo que era el país en la preguerra. En esta época, la sociedad está en plena transformación: Francia entra en la modernidad.

La reflexión de Gabriel sobre los cuartos de baño al principio del todo de la obra es bastante reveladora: el 11 % de los apartamentos parisinos tiene un cuarto de baño, lo que presenta la imagen de una Francia en plena transición. Para Gabriel, que presta mucha atención a su apariencia, esto tiene especial importancia. En cuanto a esto, Louis Malle se tomó ciertas libertades respecto a la novela, ya que en esta última se precisa que en la habitación de Zazie han dejado una palangana y una jarra para que se asee. En cambio, Louis Malle equipó el apartamento de Gabriel con un cuarto de baño independiente.

La gente aún no se ha sacado la guerra de la cabeza, como lo confirma una palabra que utiliza Jeanne Lalochère en la versión original de la novela: «Natürlich». Si bien la obra se desarrolla originalmente en francés, este término explica el hecho de que Jeanne Lalochère, que vivió la ocupación alemana, conserva hábitos lingüísticos de este otro idioma. En la edición de referencia en español esto se pierde, puesto que se traduce por «[s]e sobrentiende» (Queneau 2011, 9). Otra consecuencia de la guerra es la fascinación por la cultura estadounidense, en especial a través de la vestimenta: Zazie cambia su falda plisada por unos vaqueros que encuentra en el mercadillo, inundado de puestos que venden productos estadounidenses. Por lo tanto, se observa una americanización de la sociedad. En un mismo orden de ideas, en esta época también aparece la cultura de masas, y ciertos valores, especialmente patrióticos, se quebrantan. Estos fenómenos están muy presentes en la película, sobre todo a través del comportamiento y las palabras de Zazie.

¡Su opinión nos interesa!
¡Deje un comentario en la página web de su librería en línea,
y comparta sus favoritos en las redes sociales!

PARA IR MÁS ALLÁ

EDICIONES DE REFERENCIA

- Queneau, Raymond. 2011. *Zazie en el metro*. Traducido por Fernando Sánchez Dragó. Barcelona: Marbot Ediciones.
- *Zazie en el metro*. Dirigida por Louis Malle, con Catherine Demongeot, Philippe Noiret y Vittorio Caprioli. Francia: Consortium Pathé, 2005.

ESTUDIO DE REFERENCIA

- French, Philip. 1993. *Conversation avec Louis Malle*. París: Éditions Denoël.

ResumenExpress.com